Chère lectrice, cher lecteur,

Il n'y a rien comme tourner les pages d'un nouveau livre captivant qui donne le plaisir de lire et nourrit l'imagination. Le livre *Des portes dans les airs* réussit cet exploit. Ce livre raconte l'histoire d'un garçon fasciné par les portes qui le mènent vers de merveilleuses aventures. Les portes imaginaires sont les plus fantastiques de toutes les portes parce qu'elles sont celles de son imagination. Suivez-le et franchissez avec lui chacune des portes s'ouvrant sur de nouveaux univers fascinants.

Déterminée à soutenir les programmes d'alphabétisation des enfants, la TD est ravie d'offrir un exemplaire du livre *Des portes dans les airs* à tous les élèves de première année au Canada.

En plus de découvrir de nouveaux univers dans ce livre, vous et votre famille pouvez explorer le monde magique des livres à votre bibliothèque de quartier.

Bonne lecture!

Bharat Masrani
Président du Groupe et chef de la direction
Groupe Banque TD

*Pour en savoir plus sur le programme **Un livre à moi TD** et sur d'autres projets de lecture soutenus par la TD, visitez le **www.lecturetd.com***

Chers étudiants et parents,

Le Centre du livre jeunesse canadien, en partenariat avec le Groupe Banque TD, est fier de vous offrir *Des portes dans les airs*, le choix de cette année dans le cadre du programme national *Un livre à moi TD.*

Apportez le livre avec vous à la maison pour le lire avec vos parents. Nous pensons que vous aimerez ce livre qui vous transportera dans un monde de possibilités et d'imagination.

Nous espérons que vous et vos parents aurez également le temps de lire certains des grands livres canadiens lauréats de prix toutes catégories qui sont énumérés dans les dernières pages de ce livre.

Pour plus de renseignements sur les programmes faisant la promotion du livre, veuillez accéder au site *www.bookcentre.ca* et *www.lecturetd.com.*

Bonne lecture !

Charlotte Teeple
Directrice générale
Le Centre du livre jeunesse canadien

Le Centre du livre jeunesse canadien

Le Centre du livre jeunesse canadien

Plus de 500 000 élèves de la 1ʳᵉ année du pays recevront un livre en cadeau grâce au programme annuel **Un livre à moi TD**. Le livre choisi est toujours issu de la littérature canadienne pour l'enfance. Cette année les élèves recevront un exemplaire du livre *Des portes dans les airs*. Le programme est, depuis l'an 2000, réalisé par le **Centre du livre jeunesse canadien** et entièrement financé par le **Groupe Banque TD**.

Le Centre du livre jeunesse canadien (CLJC) est un organisme pancanadien, à but non lucratif, fondé en 1976. Notre mission est de promouvoir la lecture, l'écriture, et l'illustration de la littérature canadienne pour l'enfance et la jeunesse. Le CLJC offre des programmes, des ressources, du matériel et des activités très appréciés et utilisés par les enseignants, les bibliothécaires, les auteurs, les illustrateurs, les éditeurs, les distributeurs, les libraires et les parents.

Le CLJC publie *Best Books for Kids & Teens* qui est une sélection bisannuelle des meilleurs livres, magazines et publications sur support numérique, qui sont publiés en anglais à l'intention des enfants et des adolescents. Chaque année, des centaines de nouveautés sont évaluées et sélectionnées par des jurys pancanadiens. La publication met en lumière les meilleurs livres canadiens à acheter, à emprunter et à lire. C'est une ressource inestimable pour tous ceux et celles qui veulent faire une sélection judicieuse de livres canadiens en Anglais pour les jeunes lecteurs. Le *Canadian Children's Book News* est un magazine trimestriel qui couvre tous les aspects de l'édition et de la littérature jeunesse de langue anglaise au Canada. Il permet de rester à la fine pointe de l'actualité en littérature pour l'enfance et la jeunesse au Canada.

Le CLJC organise la **Semaine canadienne TD du livre jeunesse**. Il s'agit de la plus importante fête du livre jeunesse au Canada, dans les écoles et les bibliothèques. Chaque printemps, au cours d'une semaine, des auteurs, des illustrateurs, anglophones et francophones, et des conteurs voyagent dans tout le pays — d'un océan à l'autre et jusque dans l'Arctique — pour parler de leurs livres et partager les plaisirs de la lecture avec les jeunes lecteurs. La Semaine canadienne TD du livre jeunesse existe depuis plus de trente-six ans et elle a stimulé la création de nombreuses activités au pays qui célèbrent la littérature pour la jeunesse et ses créateurs.

Le CLJC coordonne sept **prix littéraires prestigieux** qui totalisent plus de 130 000$ de bourses, le *Prix TD de littérature canadienne pour l'enfance et la jeunesse* pour le livre le plus remarquable de l'année (en français et en anglais) et six autres.

Pour plus d'information sur le Centre du livre jeunesse canadien et le programme Un livre à moi TD, veuillez visiter notre site Internet : **www.bookcentre.ca**.

Le Centre du livre jeunesse canadien

Ouvrir aux enfants les portes de la littérature canadienne

Le Centre du livre jeunesse canadien
40 boul. Orchard View, bureau 217
Toronto (Ontario) M4R 1B9
Téléphone : 416 975-0010 Télécopieur : 416 975-8970
Courriel : info@bookcentre.ca

Édition spéciale réalisée pour le programme *Un livre à moi !*

La présente édition, publiée selon une entente spéciale avec le Centre du livre jeunesse canadien et le Groupe Banque TD, sera distribuée gratuitement à tous les élèves de la première année au Canada.

Le Centre du livre jeunesse canadien
40, boul. Orchard View, bureau 217
Toronto (Ontario) M4R 1B9
www.bookcentre.ca

Orca Book Publishers
Boîte Postale 5626, Station B
Victoria (Colombie-Britannique) V8R 6S4
www.orcabook.com

Imprimé et relié au Canada par Friesens Corporation

Aussi disponible en anglais : *Doors in the Air*

ISBN (français) 978-0-929095-47-9
ISBN (anglais) 978-0-929095-90-5

Catalogage avant publication de Bibliothèque et Archives Canada

Weale, David, 1942-
[Doors in the air. Français]
Des portes dans les airs / David Weale ; illustré par Pierre Pratt ; traduit par Marie-Andrée Clermont.

Traduction de : Doors in the air.
Publié selon une entente spéciale avec le Centre du livre jeunesse canadien et le Groupe Banque TD pour distribution gratuite à tous les élèves de la première année au Canada.
ISBN 978-0-929095-47-9 (couverture souple)

I. Clermont, Marie-Andrée, traducteur II. Pratt, Pierre, illustrateur III. Centre du livre jeunesse canadien, organisme de publication IV. Titre. V. Titre : Doors in the air. Français

PS8595.E15D6614 2014   jC813'.54   C2014-902101-1

À Chloe et Violet —DW

TEXTE DE
David Weale

ILLUSTRATIONS DE
Pierre Pratt

Des Portes
dans les Airs

TEXTE FRANÇAIS DE
MARIE ANDRÉE CLERMONT

ORCA BOOK PUBLISHERS

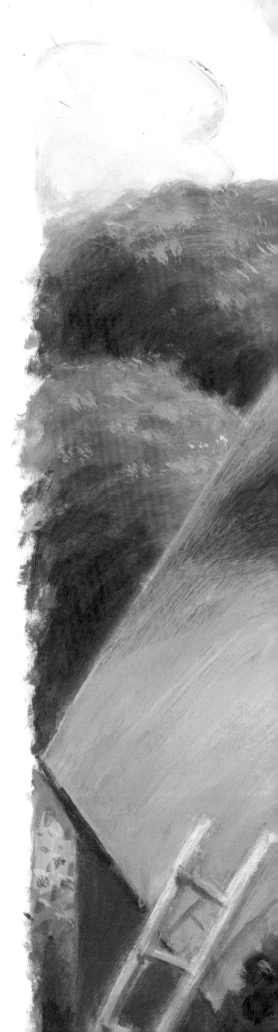

MA MAISON A UNE TOITURE
Qui la protège du climat.
Sur les côtés il y a des murs
Pour qu'elle ne s'effondre pas.

Des fenêtres pour y voir clair,
Des penderies pour nos affaires,
Un sombre et sépulcral cellier
Où nul ne met jamais les pieds.

Elle a trois lits, une baignoire,
Un grand canapé pour s'asseoir,
Un cagibi pour les balais
Bien camouflé sous l'escalier.

De beaux coffrets et des paniers,
De petits bols, de gros bouquins
Et un long miroir étriqué
Que maman reluque sans fin.

Un grenier pour ranger les malles,
Un balcon revêtu de dalles
Et, pour suspendre mes effets,
Sur le mur il y a deux crochets.

Il y a des planchers, des plafonds,
Un vestibule et d'autres lieux…
Mais moi, dans ma maison, ce sont
Les portes que j'aime le mieux.

La porte avant par où l'on entre,
La porte arrière sur la cour
Et surtout celle de ma chambre
Qui reste entrebâillée… toujours.

Si les portes n'existaient pas,
Je devrais demeurer dedans
Ou être dehors tout le temps,
En permanence au même endroit.

Comme un oiseau dans une cage,
Un poteau que l'on plante en terre
Ou un poisson dans un bocal...
Je serais pris, quelle misère !

Claquemuré, cadenassé,
Tel serait mon cruel destin :
Sans cesse demeurer coincé
Comme un mélèze laricin !

Mais une porte peut s'ouvrir
Pour que je puisse la franchir,
Comme l'eau coule des rigoles,
Comme la fumée qui s'envole.

Des portes, des portes, des portes…
Moi, j'en connais de toutes sortes.
Elles ne sont jamais cachées,
Il faut simplement les chercher.

Tu dois fermer les yeux bien dur
Et pousser fort avec ta main,
Puis te glisser dans l'ouverture…
Et hop ! vers un pays lointain !

Des portes dans l'obscurité,
Des portes dans les profondeurs
Et celle qui te fait rêver
Lorsque tu t'endors en douceur.

La porte qui dans ton sommeil
S'ouvre si grande et t'émerveille
Te permet t'entrer aussitôt
Dans un majestueux château.

Les portes sont super magiques,
Elles sont fantasmagoriques.
En passant de l'autre côté,
Je me mets toujours à chanter :

Sésame, sésame, ô sésame !
À l'est ou à l'ouest, peu importe,
Mais vite ! il faut que tu m'emportes !

Pic et pic et colégram
Tu es bien la clé magique
Qui produira le déclic

Ouvre, sésame, ô sésame !
Bour et bour et ratatam
Tiquetac et tiquetic !

Ce sont des portes dans les airs,
Des portes qui donnent des ailes.
En voici une qui t'appelle,
Une autre qui cherche à te plaire.

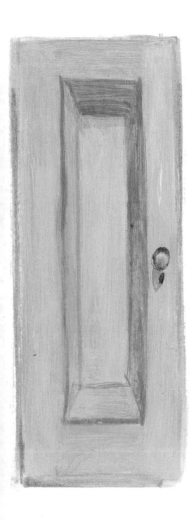

Donc si tu te sens malheureux
Dans un endroit pas trop joyeux,
Tu peux t'inventer une porte
Vers une zone rigolote.

Vise la lune, envole-toi !
C'est bien plus près que tu le crois.
Tu n'es pas du tout obligé
De demeurer là où tu es.

Sésame, sésame, ô sésame !
À l'est ou à l'ouest, peu importe,
Mais vite ! il faut que tu m'emportes !

Saisis au vol la clé magique
Et tu entendras le déclic…
Ouvre alors la porte enchantée,

Puis file au loin sur l'onde claire
Jusqu'aux confins de l'univers
Sans jamais, *jamais* t'arrêter.

Spécialiste de l'histoire populaire et conteur très apprécié, DAVID WEALE se produit également sur scène. Rédacteur en chef du magazine *Red*, il a signé treize livres, dont quatre pour enfants. Il a écrit et créé en collaboration un film d'animation intitulé *The True Meaning of Crumbfest*, un spécial de Noël pour les tout-petits présenté dans plus de vingt-cinq pays autour du monde. Il a aussi collaboré à *Eckhart*, une série télé de dessins animés pour les jeunes. Père de cinq enfants, il vit présentement à Charlottetown, à l'Île du Prince Édouard.

PIERRE PRATT a étudié le design graphique au collège Ahuntsic de Montréal. Depuis 1990, il a illustré (et aussi écrit) près de cinquante livres pour la jeunesse. Il a mérité plusieurs prix – dont (à trois reprises) le Prix du Gouverneur Général, une Pomme d'Or et une Plaque d'Or à Bratislava (Slovaquie), un Totem au Salon du Livre de Montreuil (France), un Prix UNICEF à Bologne (Italie), un Honor Book du Boston Globe-Horn Book, le Prix Elizabeth Mrazik-Cleaver de IBBY, le Prix du livre M. Christie et le Prix TD de littérature canadienne pour l'enfance et la jeunesse. En 2008, il a représenté le Canada pour le prestigieux Prix Hans Christian Andersen.

Livres canadiens pour enfants, primés en 2013-2014

À la recherche du bout du monde
Texte : Michel Noël
Éditions Hurtubise, Montréal (Québec), 2012.
11 ans+
Prix TD de littérature canadienne pour l'enfance et
la jeunesse 2013

À l'ombre de la grande maison
Texte : Geneviève Mativat
Éditions Pierre Tisseyre, Rosemère (Québec), 2012.
12 ans+
Prix littéraires du Gouverneur général du Canada 2013 –
Catégorie jeunesse – texte

Les bleues de New York (Les dragouilles, No. 7)
Texte : Karine Gottot
Illustrations : Maxim Cyr
Éditions Michel Quintin, Waterloo (Québec), 2011.
7 ans+
Prix littéraire Hackmatack 2013 – Catégorie
documentaire français

Le bon sommeil du roi
Texte : Sylvain Meunier
Illustrations : Sophie Perreault-Allen
Éditions de la courte échelle, Montréal (Québec), 2012.
7 ans+
Prix illustration Jeunesse – Salon du livre de
Trois-Rivières 2013 – Petit roman illustré

La cellule Hope
Texte : Muriel Kearney
Soulières éditeur, Saint-Lambert (Québec), 2013.
11 ans+
Prix Cécile-Gagnon 2013 – Roman

Cent enfants imaginent comment changer le monde
Une idée de Jennifer Couëlle
Illustrations : Jacques Laplante
Éditions de la Bagnole, Montréal (Québec), 2013.
4 ans+
Prix illustration Jeunesse – Salon du livre de Trois-Rivières
2014 – Album

Hò
Texte : François Gravel
Quebec Amérique, Montréal (Québec), 2012.
14 ans+
Prix Alvine-Bélisle 2013

Jane, le renard & moi
Texte : Fanny Britt
Illustrations : Isabelle Arsenault
Éditions La Pastèque, Montréal (Québec), 2012.
11 ans+
Prix littéraires du Gouverneur général du Canada 2013 –
Catégorie jeunesse – illustration
Prix du livre jeunesse des Bibliothèques de Montréal 2013

Je hais les lunettes
Texte: Isabelle Larouche
Éditions du Phoenix, Île-Bizard (Québec), 2012.
9 ans+
Prix littéraires du Salon du livre du Saguenay-Lac-Saint-
Jean 2013 – Catégorie jeunesse

Madame Poule est amoureuse
Texte : Lina Rousseau
Illustrations : Marie-Claude Favreau
Dominique et compagnie, Saint-Lambert (Québec), 2012.
3 ans+
Prix des abonnés du Réseau des bibliothèques de la ville de
Québec 2013 – Catégorie jeunesse

Ma soeur est gentille mais… tellement texto !

Texte : Josée Pelletier
Illustrations : Louise Catherine Bergeron
Éditions Fou Lire, Québec (Québec), 2013.
10 ans +
Grand Prix du jury de la littérature en Montérégie
2014 – Catégorie fiction jeunesse primaire

Ma soeur veut un zizi

Texte et illustrations : Fabrice Boulanger
Éditions de la Bagnole, Montréal (Québec), 2012.
3 ans +
Prix jeunesse des libraires du Québec 2013 –
Catégorie 0-4 ans
Sélection The White Ravens 2013

Mingan, mon village

Roge (ill.) et un collectif d'écoliers innus
Éditions de la Bagnole, Montréal (Québec), 2012.
5 ans +
Prix jeunesse des libraires du Québec 2013 –
Catégorie 5-11 ans

Monsieur Roboto

Texte et illustrations : Jean Lacombe
Soulières éditeur, Saint-Lambert (Québec), 2013.
6 ans +
Prix illustration Jeunesse – Salon du livre de Trois-
Rivières 2014 – Petit roman illustré

Le mystère des jumelles Barnes

Texte : Carole Tremblay
Bayard Canada, Montréal (Québec), 2011.
10 ans +
Prix littéraire Tamarac 2013

Le petit chevalier qui n'aimait pas la pluie

Texte : Gilles Tibo
Illustrations : Geneviève Després
4 ans +
Éditions Imagine, Montréal (Québec), 2011.
Prix Quebec / Wallonie-Bruxelles 2013

La plus grosse poutine du monde

Texte : Andrée Poulin
Bayard Canada, Montréal (Québec), 2013.
10 ans +
Prix littéraire Le Droit 2014 – Volet jeunesse

Quand je serai grand

Texte : François Gravel
Illustrations : Stéphane Jorisch
Éditions Hurtubise, Montréal (Québec), 2012.
5 ans +
Prix illustration Jeunesse – Salon du livre de
Trois-Rivières 2013 – Album

Le secret des dragons

Texte : Dominique Demers
Illustrations : Sophie Lussier
Dominique et compagnie, Saint-Lambert (Québec), 2012.
9 ans +
Prix littéraires des enseignements AQPF-ANEL 2013 –
Catégorie Roman 9 à 12 ans

Un après-midi chez Jules

Texte et illustrations : Valérie Boivin
Éditions Les 400 coups, Montréal (Québec), 2013.
5 ans +
Prix Cécile-Gagnon 2013 – Album (texte)